数千の暁と数万の宵闇と

伊藤浩子

思潮社

装幀　中島　浩

数千の暁と数万の宵闇と

I

（無題一）

湖底でオルガンを奏でている死んだ尼僧に挿した月光が一輪の青薔薇のように揺れている今夜にも、少年は裸足になりながら樹上で草笛を単調に鳴らしつつ、そう言えば、幼かったころに繰り返し伯母にせがんだ絵本の一節を思い出しながらも、昨日までの恥ずべき背徳行為に愚直にも赤面し（同時にほくそ笑んでは）、そもそも自分に過去などなかったと胸を痛めるCm9がいっそう囂《かまびす》しい。時間に逸れた孤蝶が波影になんども翻り、父祖たちの声は透かし葉になって少年を包み込んではさらなる深みへと誘《いざな》うから、寂しさに似た北風に、震え始める指先を吐息で温め、乾いた唇を慰める角砂糖の清潔さと、獅子座流星群の灰色の痕跡が等しくいじらしい。

尼僧の墓石は季節の静寂に削られつつも燐光に映え、どこまでも陽気な大地を悼みながら、少年の鳴らす草笛の音を待っている。

*

隠れ鬼にも忘れられた
膝の擦り傷が
夕闇に滲んでいく
鳥たちの嬌声に立ちあがり
妹は
道に伸びた影に遊んだ
左手の燻《くす》んだ人形が
振り返り蒼白い指でフリルを
靡《なび》かせている
靴は紅い

＊

ふたり目の死んだ尼僧が艶やかな湖底で、合わせながら奏でる手風琴に、寄り添う水母の鮮やかなふさの円心揺動は、波打際に積み重なった生死の境界を慰撫しながら游《およ》いでいるが、一方で少年が草笛をオカリナに代えたのは、深夜の群青に深まった友人たちの果てない憧憬のためだったか。少年は群青に父の憧憬さえをも織り込み、小さく畳んでは胸ポケットへと大切にしまう。幼気《いたいけ》だが規則正しい鼓動の動きが老いた父の憧憬に息を吹き返しているような錯覚に、言葉を覚えるまでの臨界に縁どられた幻燈がその温かみに夜明けの近いことを知る。

西の空に宵の明星の玲瓏《れいろう》が、今夜は一際うつくしい。

少年は東の空が薄明に包まれていくのをぼんやりと樹上で見つめながら、不意にそこに溢れた朱色に姉が流した血痕を重ねる。単純な色のグラデーションの自由な動きは、少年の冷えた両手足を温め、死んだ尼僧の過去を温め、母祖の希望を欠いた明日を温めてくれるだろう。

少年は樹上から降り、もう半刻もすれば遅れながらもたどり着くだろう、妹の前に伸びたこの道の粗雑さと、丸く白いやわらかな右手を思った。

マグダレーナ・ゼマーネク通り

真の文学活動は、文学の枠内におさまりかえってはいられない。枠からはみださぬ文学などは、むしろ、みずからの無効性のありきたりの表出にすぎない。

（ヴァルター・ベンヤミン）

時計塔

時計塔の内側の襞を行くときは上も下も見てはいけない、なぜなら両者とも切りがないからだ。それはまるで悪夢か苦悩の只中かのように蠢く。そこが高い時計塔の中であることに随伴して歩が止まってしまうのは、およそ記憶の奔流が襲ってきたときである。現存は残像となり、残像が予期せぬものと出会う場所では感覚的相貌こそが主体の根拠になる。鼓動、息遣い、体温、眼球の動き、風にそよぐ髪。重ねられる手があるならば、身を委ねることで拓かれる物語にすべて託すしかない。時計塔の外側ならば尚のこと！　今まだそこにいる者よ！

夢 #1

夢は言葉を追いかけてくる。ある種の感情が認識を先取りし現実を揺さぶるように、言葉は常に夢を先取りし世界に揺さぶりを掛けている。ある詩人によれば、関係性を比喩として記した言葉にそれは顕著に表れるという。つまりこうだ、出会いが新しい部屋として語られるならば、夢はその部屋を追いかけ、なぞるように顕れる。よって夢は視知覚ではありえない。記述＝言葉そのものだ。

大道芸人

一本の棒によって宙に浮かんだ大道芸人の筋肉を想像してみよう。表皮に近い毛細血管を逆に辿り、支流が合流して大河になるように、やがて到来する海のしなやかさ。波頭の涼しげな白が果たされる約束を――それは酸素と水が炭素を媒介する必然の確かさだ――思い出させる。家路へ向かう大道芸人の背中に無意識を視ている。

カレル橋

川を渡るのに、川下に行くか川上に戻るか、白鳥と蛙が決め兼ねている。等間隔に橋は霞み、そこまでの距離は合わせ鏡の奥に消えていく風景として広がりまた消失していく半減期±半減期だ。白鳥と蛙は世界の比喩にしかなれぬことを嘆くだろうか？

火薬庫

もらわれっ子の悟性は、もらわれっ子であるかもしれぬ不安と比較、共苦可能かどうか。（それは確かに彼だった。幾人かの友人が都市から貰われてきた彼の服の先をこっそり牛車に括り付け、牛を唐突に前進させては、彼が泥濘に転ぶのを見て嗤い囃し立てた。目撃している者は、誰もが自分こそ貰われてきたのかもしれないと……）瞳が湛えていた悟性と、見つめられることで蘇った不安とを併置することが、夢の火薬庫の火薬に点火する、現実界がまた燃えている。

スターバックス・カフェ

都市のみが平板ではないこと。それはスターバックス・カフェの緑と白のエンブレムに無視点的に象徴されている。点と点とを結べばやがて世界はのっぺりとした面状に広がる新しい巨大なリゾームだ。そこを訪れることで、有視点的な物語が拓かれる。そしてそこに含まれること。

恋文

恋人たちはおしゃべりに余念がない。メラニー・クライン著作集三に備《つぶさ》に描かれているように。L : 75 : L15, 25 → 76 : L2, 30　M : 140 : L13, 5　W : 56 : L4, 14 → L10, b5　TE : 4 : L1, 7　O : 15 : L1, m16　A : 21 : L2, se21 → 27 : L15, b4b3　W : 60 : Lb6, 5 → 61 : L10, m17　E1 : 221 : L8, b10 → 222 : L2, b1　TO1 : 157 : L2, 13 → L5, b13 → L13, b8　恋人たちはメッセージのやり取りに、今も昔もぬかりない。

夢 #2

羽が舞っている
それは一部のはずなのに
全体を超越したゲシュタルトだ
おもての静かさに外延し
内部に腐敗を併せ持っていることが
夕焼けにさえ羞恥するように
羽が舞っている

哀しみという世界現象
人称を交換せよ

クトナー・ホラ

過去の貯蔵庫として図書館を定位するならば、ここは過去そのものによって建てられた博物館だ。博物館の意義を語るのに大きな歴史はいらない、目を瞑り、耳を澄ませ、心を研ぐだけでいい。

老いた修道士によると、当時、黒死病をもたらしたかどで捕らえられ、この修道院に最初に連れてこられたのは三人の女性だったという。彼女たちが実際に黒死病だったかはどんな資料にも記されていないが、他から隔てられ常に三人で行動するよう、分厚い板に穿たれた三つの穴に首を固定され、両手を縛られた格好で連行された。

貧しい村出身の身分の低い女たちだった。

他愛ない事実が精神に大きな謎を仕掛けるのは、判明している固有名にもよる。ひとりはマグダレーナ・ゼマーネク、十六歳、六人兄弟の長子で早くに母を亡くしたため、家事から幼い弟妹の面倒まで一身に引き受けていた。文字の読み書きこそできなかったが、誰に教わったのか、占星術に精通していた。幼馴染のアドルフ・ザレスキーと初夜を迎える直前、領主の家来数名がザレスキー家に押し入り、アドルフはその場で惨殺、彼女はまず領主家に連れていかれ、生涯、身を呈して尽くすことを誓うならば慈悲を与えなくもないと囁かれたがこれを拒否、小間使いの少女ふたりとクトナー・ホラへ送られた。

マグダレーナは罪を償うため、支給された僅かなパンとミルクをもふたりに分け与えた。祈りかたを知らぬふたりのために祈り、ひび割れた窓から季節ごとに違って見える星を指さし、それがどんな未來を物語るか、易しい言葉で教えもした。いよいよ最期のときを迎え、彼女は一言、かつて一度だけ愛を交わした恋人の名を呼び、死んでいったといわれている。

並べられた無数の頭蓋骨の中のひとつに光を充ててみよう。そしてそこに込められた物語を手に取り、埃を払い、乾いたタオルで磨き、言葉に置換してみよう。

〈歴史の天使〉がその羽を休めるときと場所があるとするならば、まさにその瞬間、その場所に違いない。私はそこに彼女の名を与える。マグダレーナ・ゼマーネク通り。通りを抜けると小高い丘に出る。青空が広がり、陽光が輝く水たまりに、風もないのにいつでも漣が立っている。

逃避

痩せ細った四肢を夢の中に投げ入れ雨に泣いている。俯せの背にも夜がようやく折り重なり、どこからか浪の凍る音が響き至る。場所の名はなかった。

幼少期よりもさらに幼い日々に倦いた男は、いつの間にか古い裂傷を探し当て、不安気に明日の開花を予感している。そして足跡を消そうといつしかここまでやってきた。

置き去りに見せ掛けようと、互いに企図してあがいたものは何だったか。

夜の底で饒舌になる男の寝返りに、月明かりの傾斜はさらに増し、部屋の中央に近づきながら、喧噪の残余に揺れ惑う。時間の隙間に流された澄んだ鮮血と赤ワインは混じり合い、カーテンの色彩をかなしみに異装するドレス・コードに見立てた。

朝焼けを拒絶する気力すら危うく、できるだけ音を立てないようにと、足指の爪を切っては星のように飛ばし遊ぶ。

すれ違った貌たちにも慰められながら、ひとつ、ふたつと、かぞえるよう鼓動を鎮めた。

くすんだタイル壁が迫る速度に比例して、天窓は伸び上がり、その先の闇空に懐かしさを憶える。誰も知らない神話に擬《なぞら》えるしかない双生児の嬌声が一瞬だけ耳を劈《つんざ》き、景色に呑まれぬよう男の手を薄い胸に置いた。

眠りはやってこない。

このまま永遠にやってこないのかもしれない。

次元を行き来した思索に、解けた言語の重みをてのひらで確かめ、男の枕元に並べている。

夜が明けたら、音声を失くしたナレーションで、幸福について語ろう。

よく似た夢の細部を、好きなだけ細かく区切り、断片をつなぎあわせては、ゆるやかに笑い合おう。

雨の降りしきる、宛のない旅に再び出掛けるため、くちびるを顳顬《こめかみ》に寄せ合い囁き掛けよう。

男は曙の怜悧な視線で、決して聴きとれない愛を初めて告げるだろう。

（去来）


いつの間にか紛れ込んだ、ベージュを着込んだ孤蛾をその手に摑み、どんな記憶に組み入れようかと躊躇していた。それはかつての離別にも似て、東向きの清潔な窓から逃がした、或いは吐息は必要なかったかもしれない。

行方を暫く追った後で、異境の地に葬られた幾万もの物語を恋う。森の樹々とひそやかな生き物たち、旧知のようにある闇と、それから、取り戻せるはずのない時間は翻り、明くる日の最初の暁光の一筋にも息を顰めた。

凡庸な、それでいて新規な萌芽を見届けるようにしていたのは、誰にも咎められない、聞き取られない、予定されていた世界との和解そのもののため。

(だけど、一体、どこへ?)

一体どこへ、今ごろ、あのいとしいものは向かって舞っているのだろう? 震わせている空気のそよぎを脳裡に描きながら、重い瞼を閉じた。

短い眠りに訪れたのは、すべてがひとつに集束していく、懐かしく、またたおやかな友愛の、小さな兆だった。

斜光

〈もの〉から剝離されたことばが浮遊する、巨大なホテルのロビー
に集い、戯れている。
線で見つめ合い、約束を交わし、睦びあい、裏切り合いながら、な
おも、信じることの臨界に達しようと、今夜も躍起になっている。
私服の彩りはここでも立証されつつある欠如そのもの。
背景を失くしたゲシュタルトにキュビズムの虚偽を重ねては、冷笑
する三日月の光に紛らわしい。
沈黙の深紅な佇まいを、女学生のように小突くと、また、揺れなが
ら戯れる。

就寝には惜しい時刻に、それぞれの相貌を少しずつ忘れていく視差に、似通うことの安寧、やがてたちのぼり、踊りはじめる影が徴のように馨《かぐわ》しい。


窓は窓のまま、開けておいて。

入り込む冷気に潜む、微かな音は音符を身に纏い、ロング・トレーンに沈んでいくから。


アンビバレンツを背負った夜明けに、沈鬱な身体は重みを増し、ひとつずつ部位を確かめながら復元されていく。

孤絶には、抵抗し、従属する掟があった。

置き去られた手紙を開封するように、それは否応なく頭上に訪れる、覚醒という名の祝祭、ホテルのロビーは微熱に酔う。

思いがけない仕方で

はじめての風が吹く。

梢のざわめき、影と影が折り重なるのに時間はいらない、歩行の内容の不確かさは心地よく、その存在の否定さえも快潤《かいかつ》だ。

深海樹の森は心そのものだと、そのひとの言葉のやわらかい響きを思い出す。後ろを振り返る。通った小路は既に失われている。歩幅を小さくして木立に近づき、伸ばした右手で、異物を捕捉しようとする木末《こぬれ》に触れてみる。指先に、その先端はわずかに身を縮ませ、用心深くしばらくそのままの体勢を保ちながら、夕闇に後押しさせるように枝葉を伸ばし、再び指にゆるく絡みつく、体温と匂いと大きさとは細胞のデバイスに記憶され、身体はいつのまにか抱き寄せられていた。

ここはそのひとの部屋だ。

その感触だ。腕の長さと細さ、指のしなやかさだ。胸の薄さと肩のなめらかさだ。吐き出された夢の精確さと、何かの拍子に震える瞼と、背中をそっと撫でて過ぎる、不器用な唇だ。

こんなところにアーカイブされていたのか。窓を閉めると途端に崩れ落ちる、部屋の中の海の小波を今夜の月明かりは決して見逃さない。

海の記憶だね。

いつか死んだなら骨を海に流してほしい、枯れていた言葉が息を吹き返す。

潮の気配に咳き込むと、新芽の綻びが喉元と髪を愛でては、身体中にあった傷を探り当て、その深さと痛みとを拭い去る。

今度は女が緑の匂いを嗅ぎ、重さを確かめる番だ。葉を指先で挟み、葉脈を辿る。いじらしいほどのあたたかみをインプットする。少しずつ、できるかぎり時間をかけて。

私はいつかまたこうして彼に出会うだろう。出会い続けることだろう。そのときが待ち遠しい。どんなに姿が変わっていたとしても、それが彼ならきっと分かる。私よりも先に彼がそのことを、思いがけない仕方で私に教えてくれるはずだから。

前を向く。

裸足になって、昨日よりももっとそのひとの深部に近づくため、深海樹の森の小路を再び歩きはじめる。

わたしたち、みんな、うしなわれていく

あれはオカタツナミソウ、イカリソウ、アズキナ、ミズキ、それからオニグルミ、指さしながら、ツバメが軒下に巣を作り人家の周りを飛び交う青空の果てに、わたしたち、みんな、うしなわれていく。遠くで囁く声がきこえる。

この青空にならそれもいい、季節をふちどる風にならいい。

球果の不自由さを纏った自由に、戯れて命ごいする未來の、あじわったことない豊かさを舌先に予感して。

前を行くひとの肩先に止まったクビアカサシガメの紅に、そして、生きているいまを不意に羞恥する、いつか大地に晒される死骸には、憐愍さえないのに。

そのとき胸に去来するもの、ほどかれる愛憎の緒をそっとにぎりしめる、眩しい午後がどこまでも拡充していくひと日。

わたし、しずかに、うしなわれていく、日々の影に隠されているものたちに囲まれ、やがて祝福されるようにして。

あれはクヌギ、ギンナン、アサギマダラ、オオミズアオ、これはアオタマムシ、マイマイカブリ、ヒメカマキリ、ウマノオバチ、ショウリョウバッタ、それからオオルリ、アオゲラ、コゲラ、サンコウチョウ……。

II

dessin #1

（うろこ雲の隙間から太陽の光が覗く）

ときは一気に押し流され
引き延ばされた今にまた蒸溜される
北向に調《しつら》えられたベッド・ルームから
かつて忘れられた
名を呼ぶ小さな声がする

それでもわたしは遠いところに蹲り
地下への階段を思い出すことすらできないまま

小窓から俄かに
解き髪に絡みついた颪に
一千年前、一万年前の姿かたちで応答している

そして世界中の女たちが抱きしめるはずの
快美な衣を脱ぎ捨て
裸身に新しい日常を充てはじめた

光の航路、継ぐように
名を呼ぶ
お前の声が続いている

dessin #2

動きすぎてはやがて惑うからと
母たちの白い右手は
女を少女に蘇生してゆく
響く鼓動の確かさに呼吸を整え
帰り道の夜空に
新しい星だけを捜した

あれは*ジュリキエデス
これは*コッシート

ひとつひとつ指差しているうちに
背後ではゆっくりと消えかかる母たちの
祝福と弔いが繰り返され

わたしは
わたしに似ているあなたの名をつぶやき始める

＊著者による造語

dessin #3

（解かれた迷宮の傾斜を聴いている）

人ではない彼らの涙に宿る
一瞬の翳りが斜めから
引かない波のように安らかに覆っていく

揺らめいた静謐の
わずかな裂けめに潜んで

振り向くのは安逸だからと立ち止まり続けた
名のない風が荒れた膚を撫であげていく

目を閉じて
ほのかに視える
未醒の場所を視つめている

忘却の果ての言葉を舌先に転がしながら
遊び呆けていた
罪そのものよりも罪深い身体の重みに

青空が覆い被さり
やがて、その時のあとさきを
委ねることの愉悦
そのまま手渡そうと

ここにいる

dessin #4

視えない魂のこの硬さはどうだろう
花蕊のようにものの中心で
震えながら淡雪を纏わせ
春の片鱗を、波を、気怠さを拒絶し
頑なに世界を蹂躪し始めている
自在にはためく翅の異形はどうだろう
〈掟〉に抵抗し屹立した街の甃《いしだたみ》を睨み上げては
蛇の鱗のように光る川の辺で
（幻の大眼鏡橋は賑わっていましたか？）
黒く重いフロックコートを刺青している
老いさらばえた弟妹の
抉り出された眼球はどうだろう
国立劇場の汚れた壁を撫でて過ぎた歴史の行方に
誰にも教わったことのない

初めての文字をしたためる
いつまでも
主体の虚偽を語り尽くせない書物にも倦き
母系の時間があらゆる男根を切り崩すのを
必死でこらえている
饒舌な沈黙を仔羊のようにしたがえた
無数の影の行列はどうだろう
（聖人たちの膚の傷を
（償いきれない陽気に見立てながら

ただ、しずかに深みへとおりてゆく
季節よりも季語に等価な日々
ほのかに燃える足趾に依拠している

dessin #5

てのひらに乗るほどの幸福の
その柔らかいやさしさに
少女らはまたも傷つきながら
立ち止まり有りっ丈の力を込めて
春風に
樹々の幹に
水たまりに
影という影に
脳裏に浮かんだ山のふもとに
海のあてどなさに

そしてうち震えたみちのり
追われた夕闇に疲弊したのは
父祖たちの伝承のためだったか
膨らみかけた乳房の鈍痛に
深くいまだけを証している

（無題二）

雑踏の真ん中に知らずに真っ直ぐに
海の影が鎮んでいくから
泣きながら両手で掬っても／それはいつかの少女
ときに解けてしまう波の記憶のように
不意に夕闇は喧騒とともに広がっていく
未來のだれかが波濤で立ち尽くしている
手を繋いで歩くにはまだ季節は早いし
乳房も大きくないからと
（空には上弦の月）
夕餉を支度する母祖たちのもとへ急いだ

危なげな防波堤と舗装路を悼みつつ
起伏の大きな泥濘を選んだのは
歴史の足跡を
(それがどんなに小さなものでも)
残せるからと
幼年期の最後の欺瞞に

仮名ならいくつも伝えられる
住処も窓の数も飼い犬の首輪の色も
そこから拡充される
等比数列の愛憎を眼で追いながら
波音を数え
子守唄を忘れていった
荷物だけが加算される日々に
足首の痛みを諫めた
　これが未來のだれかの夢のすべてだったらと

ひたすらに背筋を伸ばし
そして

母にもなれない女に影を重ね
初めての夜までの名残を海鳴りに懐かしんだ

あかるい窓辺

蟬の声に目を覚ました
夢の剰余をひとつひとつ確かめ
天体に似たベッドで
かるく、身體に違和を甘やかせている
瞼の裏の青空にわきおこる幻雲
遠い小さな海から
波音にのまれて転がってくる記憶は
いつかの少女が草叢に寝転び
両手を伸ばし蝶を捕まえようと
そして一瞬でいなくなった

血の重みが作った痕跡に
やがて天泣
古びた柱時計がどこかで
ときを刻みながらゆるりと世界を
秒針の上に載せる
アイスコーヒーの氷がほどけていく
夏休みにも厭いた子どもたちが
背伸びした虫取り網の遅い午前に
父祖の指先は曲り
一週間の日々を新しい記号に
内破させる
それでもと、視えない定理の先に欲望を
五感に追い続け
沈黙した足取りで窓辺へ降りると
季節の風はいつかのまま
カーテンの頽廃を揺らし

届けられたものは何だったか
振り返り置き去られたテーブルに
問いかけている
不在した他者への物憂い言祝ぎとして

人、魚

こらえきれない草いきれ
は／なじみのない
深碧

拒んでいる
拒んでいて
剝落しかけた極彩色の
ゆるやかな
たおやかな
尾鰭のおもいで

遠い愛人だけが接吻を
することを許されている

歌に／

迎えられる夜を待っている
しぼり出す声は
丸く蒼い弧を描く故郷に拭われる

姉さん、
やさしげなあなた、
最後の言葉が波光にかき消され
届かない
届かない水の故郷、彩色

（忘れないで
（忘れることは罪それとも罰

ゆるされて
無限に許されていて残酷な
遠い愛人よ

儚さは歴史を紐解く掟
と／おしえられ
姉さん、
泡に浮かぶ明日のひかり

寂しさは美しさのしもべとなって
哀しみを抒情に煽ぐ

時の淀みに生きている

河原

ずっと待っていた
河原で拾った小石をつみあげながら
その日の着物は緋色で

耳は聞こえない
なのに
海鳴りだけをずっと待っていた

＊

薄い耳朶に針で穴をあける
首筋に細い風の記憶がよみがえって

名まえをくりかえしていた
母の名まえ

弟が死んだ夜　母は河原で嗤った

＊

名まえはいつでも身体にはりつき
肉はこんこんと硬くなる

乳房だけが大きく重く、日々の中で
笑顔は見えますか？

割れた鏡に向かって微笑んでみる
紅をひく

*

鏡の中に映っているのは
自分には見えなかった過去だと
気づいた少女がいて

家中の鏡を割って回った

未來すらもまっしろに消えるのだと
泣きながら信じた過ち

父親はそんな少女の長い髪を洗ってやる

＊

いつかの約束を
髪はおぼえて

くらい牛小屋のまん中で
差し込んだ光に埃が舞う
あなたの匂いに混淆し

目を瞑り
それからというもの
しゃべれなくなったのです

うそをつくのも髪

＊

そして
髪は鎖

切りたくて　切りたくて
切られないようにとおびえる

夢をたしかな昨日へとつなぎ

もしあやまって
切れてしまったなら　あの河原へ

捨てに行こうと

＊

鎖のつめたさはわたしの皮膚のつめたさ
にぶく光りながら
重みをます

月明かりにできた影を
そのまま刺青にして
年をとる

＊

点字のように
指先でさぐってください
刺青には

わたしの青には

都市の翳りがひそむ

だれにも読めない未來がある

*

おとうとが死んだとき
ひとつの藍が砕け
その欠片を
年上のいもうとはのみほしてしまった
吐き出すことばに
おとうとの青い影ができる

年上のいもうとの狂気は
悲劇の名

＊

赤い狂気を
庭先に咲かせたといっては
祖母は雨の夜にも水遣りを欠かさなかった

花柄の透けるようなワンピースの
裾、翻して

いまでも雨の夜には
祖母の笑い声が聞えてくるようで
花を切り落とした

水たまりに赤い狂気がうかんでいる

＊

ワンピースは桃色ににじみ
いもうとの思い出をはこぶ

舌がもつれて
湖に転がりおちたいもうと

父の足をつかんで
引きずり込もうとした

いもうとだけが死んでしまったことを
桃色のワンピースを

父はいまでも夢にみる
つめたい水の夢のなかで
いもうとはまだ溶けることができない

定義

食べる貪欲な口唇は
たわわに実った秋の腹部に吸い付き
舌先をふんだんに使って慰撫する
（揺れ続ける身体の抒情）
忘れていた羨望が甦り背後に抜けるまで
幾夜も咀嚼し嚥下する

（排泄するものを
（今日も母に誉められたかった

受胎する聖女の慢心と
臍のゆるやかな伸縮が魚類の記憶を伝達する
傾きの予兆にも冬の胎動が
不安のような影となって伸びる
傲然と見下すものがある
ため息は許されない

育児する献身に
涙はいつも飲み干され
春の転寝《うたたね》の中に温みは満ちる
分身に転がり落ちるもののために
冷たい涙を流さなくなってしまった

戯れる遊び女の純真は
山も海も遠い過去、遠い未來と
折り重なってこだまする／虚無に

どこにもつながらない守られた間隙で
改稿しながら繰り返す夏の昔話に
かろうじて保証されるのは
骨のように乾いた熱い孤絶

やわらかく
時の領土に帰還する

都市

合い間に生まれるものがあり都市と名づける
まなざしとまなざしの合い間　吹きわたる季節の風
に　汚れた紙面を丸めた

書かれた文字は誰のためだったか
とがった指先でさすりながら　記憶をアスファルト
に　投げ棄て
（記憶に花は咲かないから）
すでに文字を知らない

声の中には非私を見つけられないので
出かけることにしました
そして沈殿してゆく声にかぶさるように
ここにも凪はわたる

耳朶のカーブを超える
明日の足音を拾い集める
いつかであえるだろうかと　もの思いに耽った大きな窓辺を
置き去りにして
やはり声を知らない

乳房のはげしさが夕焼けになって流れこむと　都市
の　境界は大きくぶれて
溶け合うほどに不確かな身體
点滅する信号機の名前をもう一度呼ぼうとし
て　呼べないまま　その空漠に

ひらかれた唇は　待ちつづけているのに
時さえたどらず

高層ビルの影は何かに似ている　その何かを
どうしても思い出したくて　思い出せない苛立ちに
今も足もとから埋もれてゆく

追いかけて（逃げて　転んだきずあとさえも隠蔽し
合い間に生まれた
鏡に映しだし　そこに　誰もいなかったことに
ようやく気がつく
あるいは、凪

遠いところ

石畳の街は
古い夢を一面に描き
彼方に揺れる微細な歴史に
言葉にできないもどかしさを知る
店の売り子のかすんだ呼び声
彼女たちの疲労の痕は
今朝の化粧では隠せない

ここは遠いところ
高く舞い上がった小さな窓から

白い山々の頂きを覗き
胸の虚無に言い知れぬ眩暈を押し込んだ
孤独に慣れ親しむため　その夜
やさしく　あつく
抱きあったが　それは
もっと遠くへ
飛ばされてしまいそうな不安を
隠そうとして

影のように離れない匿名が
肌を撫でて過ぎる
聞き覚えのない外国語の挨拶にも
不確かな快楽を覚え
求めていたのだ
もう長いこと　ずっと
名前と日常を棄てた短いとき

自分の中核に近づくこと
ここは遠いところ
どこよりも誰よりも
遠いところ

たったひとつの愛のために
数え切れないほどの罪を許してきた
捧げるものを何も持たない
憤怒さえ溶かしながら
今朝の光は
今頃
あの人の夜を
照らし始めていることだろう
誰にも見えない哀しみの衣を
黙って靴の上に脱ぎ落とし
眠る男へとほほ笑みかけるほどにしか

やさしさに似た抒情は
残されてはいなかったが

訣別

馨《かぐわ》しい匂いに咽びながら
私の深部は茎の師管に張り巡らされる
指先を浸す涼しさを見つけ
あなたはそこに
あなた自身を注ぎ込んだ
時はたやすい味方となり
やがて熟した景色にいざなうだろう

森の記憶は谺のように繰り返される
萎む花弁の転生は

艶やかな子葉が伝承する

忘れなければならないのは
死との語らいと
静謐の拡充
そして茫漠をどこまでも否定し

幾万もの情動には甘い種子をあてがい
陽の傾きにも微かに傅く
孤独すら
既に沈鬱な表情に迎えられ
果てない乖離に潜む憧憬

自らを憐れみたい朝には思い出して
訣別を湛えた深緑の傷口と
大地に流した乳汁の荒々しさ

初めて悼むあなたを
未生の生は求め始める

朝

目覚めたばかりの
二の腕にほとばしる
孤独の鋭角を宥めるような
決して入り込めない領域に
投げかけられる祝祭

鳥のあわただしい囀り
水の最初の一滴の冷たさ
古く懐かしくなってゆくものにさえ
もう一度、というように

真新しい光はそそがれる

男の腕が
これから持ち上げるものにも
うち棄てられた願望や
あるいは
遠い外国に住む子どもの未來
音もなく綴られた
夢の続きのようなあたたかさも

私はまだ　夜の最後の影の中にいて
たち遅れた分だけ
遠くを見つめている
知っているのだろうか
暗やみの奥に忘れようとした
嫉妬に似た

光が部屋の隅々にまで届かないうちに
送り出す　そっと
傷つけたくないものたちを
傷つけないようにして
また目を閉じる

Ⅲ

微熱

（臨界）

それは涼しげに足元を洗う波打ち際にも似ている。憶えたての象形を内語に託すと、そして揺れながら、明日からの、あるいは太古からの幻があえかに点る。母なるものの在と不在を波の白に見立てては数えつつ、ふと見上げれば夕焼け空をさっと過ぎ去る、彗星の長い尾を追いかけている。影にはいくつもの憐憫が折り重なり、応じるように見えない線をそっと引いた。

そこから高く飛びたっていくものたちに、哀しみにもつうじる恩寵をわずかにでも与えたいと、なつかしい声とまなざしにしずかに呼応し、振り返る。

やがて蘇る風の音、花の色と香り、樹木の肌触り、仔犬の啼き声、漂う気配にさえ慰撫されながら、また謝しながら、ほんの小さな一歩を踏み出した。忘却の此岸に横たわっていた過誤を引き受け、わたしが誰かも分からないまま、わたしが誰かを知る者のもとへ歩き始める。

それは涼しげに足元を洗う波打ち際に似ている。砂のやわらかな感触を蹠《あしうら》に刻み、初めての佚楽《いつらく》を胸の奥に深く、何よりも深く鎮めている。そして薄明のような憐憫、何処までも何時までも眼瞼の裏に残すことを盟《ちか》っている。

（デクレッシェンド）
薄いガラス扉を汚れた左手の握りこぶしで叩く、白い部屋の片隅、ベッドに崩れかかったお前の影をそのままにして、太古からの涙の訪れを待つ。

大きく傾斜した、誰のものでもない鳴動をどこに捨てよう。夢にさえ闖入して咲く蘭の芳香にも苛立ちながら、叩き続けた左手に痛みはなく、その痕跡をどこかで誰かがひきうけている、遠い感触には未だなじめない。

ふいに湧きおこる頰笑《ほほえみ》を右手で確かめ、幽鬱な羊水に浮かぶ景色に幼年を重ねた。窓の外、石鹸泡にさえなれなかった膚のぬくみをとり戻せるはずもなく、絶望を、絶望ゆえに否認している。

しだいに狭くなる部屋の壁に、おし迫る時間の襞を映し、それでも流れ落ちない血煙の行方を胸のうちに鎮める。言葉よりも絶叫に隣接している空白にある、そのものの名を探しはじめた。

諦めと等価な明日がやってくる。
ガラス扉を離れ、お前の影をかき抱く。

(夏のあとさき)
桎梏の時間軸に逆立している空無を追いかけ、否みながら覚醒から次の酔夢までの欲望を〈点〉と〈点〉で結ぶと、(否みながら)泥岩の余剰と戯れたいつかの姉妹の、剝いた夏日のような両脚が目映い。

触れるとただちに傷痕は剝落し、そしてどこまでも艶めいては駆け出しいていく、姉妹の背に記憶の翅を描き足し、月虹に絡めるように翻らせた、太古の湖の、翠緑の水面に波紋をわずかに落としている眩惑と、遅れて洗われる荒れ地との間隙、素足はすでに無痛にも馴化し、右の顳顬《こめかみ》に伸ばした指先の軽い痺れは昨日よりも涼しい。

星よりも星座に似たからだをもてあましながら、セクシャリティはエロティシズムに近似していく隠微な背理だ。跡形もなく消え去る憧憬を抑止するため、やわらかい声と眼差しで包み隠しては、今よりも、ここよりも、さらに外へと拡散し(そして内部へと収斂し)、蘇生させている。

無間の暗闇に波頭の白が歴史のように連綿と繋がり、歌い続けていたメロディが止んだ瞬間、季節の訪れを手のひらに乗せた。やがて想念は雲霞となって渦に呑みこまれ、静寂に今夜の余韻を聴いている。

海辺のホテル

海辺のホテルに到着すると波をバックに花びらが舞っている。それらを画像に収める欺瞞にはもう欠伸さえ愛おしい。

殴らないで、と鏡映のわたしが水平線に向かって叫んでいる。届かないと知りながら、叫び声に陶酔する欲望の果てに、さあ、置き土産を選ぼう。できる限り小さくて陽に透けるものがいい。すぐに温まって、街に溶け出していくものがいい。

エントランスは侵入した蝶と蛾に混乱を極め、それでも静かにやりおおせているポーターの肩幅が誇らしい。

彼らにとって荷物はすでに荷物でさえなく、夢に滲む虹のように捉えがたい明日だ。どことなく、彼らはロビーに増え続けるタバコの説明をしきれずに苛立っていて、その憤懣に捕捉されながら、わたしは体位を直される。倒れた女など無数に存在しているはずなのに、わたしがわたしでしかないことが、その例証となっている傷痕が光る。

愛する男がナイフで刺され死亡しているニュースを目撃すると、レセプショニストは制服を弄《いじ》り、内ポケットに、その感触を確かめている。
ナイフの刃先の冷ややかさと、血の滑りは、彼女たちをこれ以上ないほど死んだ男に近づけ、戸惑いに追い打ちをかける。どこまで行っても手繰り寄せられる幻想に、浮かぶ両頬は今夜も蒼ざめてゆく、失われた季節の最果ての波さながら。

そこは海辺にあるホテルだった。日を追うごとに新しく高く聳える、名づけられることすら拒否した巨大ホテルだった。
常に等間隔に並び、互いの歯の白さを確かめ合う、わたしたちは誰もが海月に似た存在仕様だった。

きのう迄

瞼の裏に刻んだ波の白さに酔い痴れては、都市のあわいで、翳と一緒に追いかけていた。冷たさも温みも、ストップモーションの果てに霞み、季節が置き忘れた風だけが残る。

互いにとっての呼び名を棄てたのはいつのことだったか、もう思い出すのももの憂げに、結んだ指先も頼りなく、誰にも所属されない身体に痛覚だけが拡散していく。

ビルの間隙から足元のアスファルトに、落ちた夕焼けに花々を重ね、思慕にして捧げたいから、もっとゆっくり、吐息を滑らかにして、わざと遅れて歩く。

きっと振り向くと、燥ぐ子どもたちのノイズもやり過ごした、時間が緩やかに延びてゆく。

きのう迄。

それはきのう迄の夢だったからと知られぬように目を閉じた。

余熱にして未來へと持ち越すものは何だったのか、訊ねる無声は、海鳴りとクラクションの幻聴にも怯えながら、宵闇を俄かに震わせている。


淡い雲に隠れていた月が昇ると、標識さえ濡らす、波濤はまた高くなって、たったひとりの男が見つめていた。

離れていた指先にも気づかないほどの柔らかい眼差しに、身体の覚える辺際は、そしていじらしいほどに。

誰もいなくなった部屋

（ここでは〈物〉のみが主体を纏う、鋭利な情緒だ。）


そして鏡はいくつもの過去を映し出し、囁かれた名前がやがて動き出す。

東向きの出窓、ゆっくり開かれるカーテンのレースに夜空は宿る。

俄かに巻き起こったつむじ風と、フット・チェアーに一千年前の竜舌蘭は幼く、
ソファの背凭れにもなつかしい。

（アフタヌーンティーに、灼熱の灯影を。）

キャッチャーの外れたピアスが転がっている、誰もいなくなった部屋の、いまを告げるベッド・シーツの血痕はあざやかに、昨夜の諍いを深紅のマニキュアだけが辿っている、あるいは仮象の断片だったのかもしれない。

（胚珠された立面図を転回せよ。）

ミニ・バーの脇に零れ落ちた悪戯、その艶色はカーペットにつま弾かれ、またすぐに呼び戻される悔恨と、屑籠にさえやわらかく、ときは和解を呼びかけている。

呼びかけている、誰もいなくなった部屋の、シャワーの湯気が黒髪の快楽を誘致しつづけ、エア・コンディショナーのサーモスタットは事後の彼岸を示す証左だ。

運び込まれた果実の芳香に占星術は起源を定位し、母の無聊《ぶりょう》を刻んだ石鹼と、枕時計は父祖の約束を反芻しながら、室内履きの片方は夢のように遥か。

交わしたまなざしの残像も此処では禍々しく、点描画の着信音と廊下を行き來する靴音さえ饒舌な差異となって響きわたる。

清楚なコーヒー・カップとソーサーに痛みを添えたなら、抜けた乳歯の白のように床に並べて遊んでもいい。

刷られたばかりのニューヨーク・タイムズも気忙しく（溢れる情報の暗合！）、カード・キーに歴史の遺骸を鎮めた。

言語を絞ったバスローブの舞踏に見紛う消滅点よ。

一日の輪郭を朝陽に浮き上がらせ、空気清浄器が湛える憐憫に、隣人たちはようやく目を覚ます。

そういえば、壁の模様にめまいが映し出されていないのはなぜ？

誰もいなくなった部屋の、記憶は昏く、誰もいなくなった部屋の、予感は囂《かまびす》しい。

凪ぐ窓際に、傾いだライティング・デスクの上、筆記具が奏でる手紙に文字はなく、忘れさられたピンキー・リングは今でも愛を秘匿している。

Üben

（海へ）

さざ波が石を洗う音で目覚める夢から目覚める。

ここは森の内部のはずだったのに、わたしというドアを開ける。

記憶の波が押し寄せる。青と白の Gebunden。澄んだ水の冷たさが素足に心地よい。くろかみに似た藻の一部にくちびるを寄せたのち、からだからもこころからも手を離すと、もっと小さな波になる。

（こわがらないで／こわがらないよ）

そこは礫の荒々しさと泥岩のあたたかさが交錯するあたり、南へ帰る鳥が影を投げかけ、その啼き声を見えない Wort で書き留める。何度でも書き留める。

船底に潰えた夢がよみがえり、魚釣りの少年の涙がわたしの一部となってから、沈んだ哀しみを祈りに織り交ぜ、明日へと届ける準備を始める。高くなる陽の光。

耳を塞いでいても遠く鯨の歌が響く。目を閉じていても、いるかのステップが眩い。

まひるの不実な月さえ宿し、不穏な雲を宥め続けた。

そうだった、こんなふうにいつも何かの一部となってほどけてとけて、呼んでいたのだ、もう長いことずっと、そうとは知らずに。

いつか訪れる深夜には、子どもにかえった誰かがそのドアをあけ、わたしの波で遊ぶのを予感している。


（森へ）

深くて昏い森に入る。こんなに深くて昏いのだから、きちんとここに戻ってこられるように、方位磁石と長いロープを命綱として用意したのに、結果から言うと、森は、方位磁石も命綱も、それどころか、身につけていたコートも靴もバッグさえも捨てることを要求する。裸にならずに裸になる。

湿った土の感触、腐葉土の匂い、風が音を立て木の枝を揺らし葉を揺らし森をゆうゆうと通り抜けていく。何かの影がさっと過ぎる。その影を追うかどうしようか、迷ったあげく、結局諦める。必要ならばまた戻ってくるに違いないから。そのまま真っ直ぐに歩いていく。空気は冷たく同時に暖かい。わずかに差し込む光が、地面に可愛らしい模様を描いている。小さな生き物がそのままの姿で生きている、鹿が耳をそばだてて、じっとこちらを伺っている。木の実を手のひらに差し出すと滑らかな舌で掬い取り静かに咀嚼する、祝福のように。立ち止まるのはあまり誉められた行為ではない。再び歩き出すと、石についた苔の滑りに転ぶ、膝を擦りむく。血液の赤と痛みを重ね合わせて覚える、それさえ嬉しい。それからは、傷ついたものたちの傷跡を数えながら歩いていく。突然ひらけた場所に出る、そこに湖があったことを知る。水があまりに澄んでいて水底に沈んだものがくっきり見える。水深は分からなかったが、迷うことなく泳ぎ始める。水を纏い、何かに抱き留められる感触が肌を通して体の中心にしっかり位置を締める。それに身を任せてしばらく泳ぎ続ける。時間が溶け出し、熱源の周りをぐるぐる回っているのが分かる。髪を乾かしながら、夜空に浮かんだ波を眺める。星が浮いたり沈んだりするのを目だけで追っている。虫が呼び合うように鳴いている。小さな月が左手にあって、それより少し大きな太陽が右手にある、新しい夜。波の影が雲となって、誰かの夢を描き始める。その一つひとつに名前をつける。もうそろそろ帰ろうかと立ち上がろうとしているうちに、誰かに呼び止められる。そんな深くて昏い森を歩いて抜けてきた。あるいは、もしかしたら、今までそこに内含されているのかもしれない。

（街へ）
異界の彼方へ堕落を夢みる
腐敗した、顔なら顔を引き摺ったまま
未生からその次の未生まで
囁かれた言語を生贄に
おとずれぬ夜明けに愚弄している

（部屋へ）
夜に（フランツ・カフカは）
誰もいないホテルで（ペーター・シュタムに）
最期の131日（波野好江と）
軍曹ラッパが鳴り終えて（ペティナ・ガッパの「イースタリーのエレジー」、
そして）
あのばかな子たちを捕まえろ（エリザベス・ギルバート「巡礼者たち」を）
そうやって、人はみな妄想する（松本卓也）

娼婦がその先で死を愚弄している
愛への密やかな抵抗に
夢のエネルギーは二倍の激しさを蓄えて
完全な裸体を知ることの決してない身体
性に開かれてくるものがある

夜空に

るるる
掌に
螽斯《きりぎりす》のせて

結ぼれ

あれはいつのことだったのだろう。

夜毎、硬く小さく結ばれる箇所に指を添えると、子指さえ血に滲んだ。痛みはなかったが、夕焼けのように紅く染まっていった約束に、遠くで膨らむ懐かしい海を探しながら年を経る。

そして朝の清清しさにも順化できずに、身体は次第に懐柔されて、立ち止まる幽界の深度に笑い合った。

あれはどこだったのだろう。

幼い弟妹が躍起になって猫の仔を追いかけているから、眠れない夜をひとり、天井までの距離を睨んでは死にゆく山羊を思った。

山羊は遥かな屠殺場で決して止血できない傷を負い、今も苦しんでいるに違いないから。

窓の外、嫋やかな飄に公園のブランコは不意に揺れ、抒情の光を窓から窓へ告げて過ぎる。眠りに落ちるほんの一瞬、手前の哀切に眩惑されて、連なる音音を密かに待った。

あれは誰だったのだろう。

幾たびもわたしの名を違え、ひとつ、またひとつと身体の部位を憶えて遊んだ。両膝の汚れた瘡蓋《かさぶた》に息を吹きかけ、季節の変わり目の飄の冷たさに、途方に暮れていた。

未來の夢を待ちわび、記憶の襞を梱包しては、最初の頃へと送り届けている。気がつけば、またひとつ、傷ができている。そしてその度に、紅葉が色づくように変わっていく美しい根を確かめている。

あれは何だったのだろう。

しなやかに解いても終には硬く結ばれる逆説にいつまでも身を委ねた、あれは、何を求めていたのだろう。

窓辺

窓辺という窓辺に翳を落としている。

昨日からの謐けさに耳を傾け、月のみちかけにときを諮った。

呼び合う声もまなざしも解けて、夕闇さえやわらかく懐かしい。

指の細さが憂慮を醸《かも》して、どれだけの沈黙を数えてきたのだろうかと（そしてその深さを）、振り返れば、そこでは、その場所では、立ち止まる／歩き出す行為に差異さえ見つけられず、微笑みもにわかに厭わしい。

薄くなり続ける肩先に視えないものが降り立ったような、いま、なまえがあることすらぎこちなく、わたしはあなたに日々となって折り重なっていく。

何処からか鐘の音が響く。

渡り鳥のため息は凪になり、無数の蝶が死に急ぐ。

ストップモーションよりも早く、星々の煌めきよりもまぶしい、今夜の密約に世界は為すすべもない。

過誤を宿した髪先をこのまま梳いたのは、いつだったか、思い出すことも叶わずに、裸体に描かれた罪をひとつ、またひとつと詠みあげた。

瞳の奥に閃く幼子の背中に眼瞼の震えはあどけないまま、やがて別離の予感に耐えることも安寧に通じ、ますます丸みを帯びた夜空を嗤う。

窓辺という窓辺にさらにまた翳を落としている。

昨日からの謐けさ、ふたりに滲む臨界をなぞっている。

部屋

i東向きの窓では朝陽にカーテンさえ怯え、震え乍ら、ときの経過を待ち侘びている。（なつかしみ乍ら、）思い出は既に涙のように硬くなり、昨日の夜道を転がり落ちてゆく。（ゆるしつつ、）旧父母のてのひらの空がどこまでも広がり続け（いまも、）惜しみなく、今日を準備するのだが、手間はどこかで省けそうだ。古書をいくつも紐解き乍ら老いていった者たちの嘆きと幽鬱が欲している、その音は永劫に似た一日に鳴り響くだろう。そして私（たち）を、その影裏をどこまでも励まし勇気づけてくれるだろう。朝餉のスープのあまやかな香りに、湯気に、ゆっくりと詫びている。思い出には過不足もなく、拡散しつつも収斂してゆくあえかな光よ。盲いたなら盲いたままで。しぼんでゆく小さな花の可憐にも打ち震えて夢の続きを夢見ていることを覚える。（このままで、）主体にも疑義は延ばされ、ようやく暮れかかる土地がある。／凪のように笑い

／鳥のように歌っている間に／と子どもが諳んじた詩句の果てしなさを反芻しながら呼びかけている。呼応する滑やかな膚がある。

*河井酔茗「ゆづり葉」より

ii東向きの窓より、再び、朝陽よりも眩い夢が届けられる。多くの声に似て耳朶にすら心地よく、身體を洗ってゆく。どこまでも拡充し続ける〈今〉があり、その恩寵に触れようとすると逃げてゆく、はかなさよ。
夢のうちがわには、流れる川に葉で拵えた舟を浮かべては遊び転げた幼年期があった。浄められたものは何だったのか、問い乍ら、ときの経過をひとり愉悦している。

iiiゆっくりと傾いてゆく夕暮に笑い声は寒空にもひとしく谺し、ナルキッソスの窒息を思い起こさせている。しばしの沈黙は覚束なく、重く、前をゆく人の肩にのしかかり、不意に涙ぐんだような薄靄の原生林が愛しい。
幻海の涙は押し寄せては、男（たち）の夢を乗せ、声さえ失くしたエコーの足元を涼しく洗うだろう。目を閉じれば遠退いていく灯りが点るのがなつかしい。

ひとつ、またひとつと確かめては名づけるようにして、胸の痛みにも仄温かく、ときの歩武さえ緩やかに滲む。

立ち去ろうとする翳がある。呼びかけてはみるが、届かずに光に解けてゆく。


iv朝焼けに仄かに匂う明日がある。薄雲さえ紅に霞み、残酷な幼年時代に羞恥はするものの、幽かな光に溶け込む希いもある。

隣で眠っていた男の枕元にもまだ届かない。寝顔と寝息に予感するのを躊躇せずに、目覚める間際の（性と死のような）間隙の澱みを患う。朝に憩う鳥の羽ばたきの力強さよ。今日のための珈琲の支度に取り掛かる。


v指先にそっと触れただけで振り向かず、また声さえ掛けられなかった宴を、北の果ての青空の元に展げている。

柔らかな四肢を持つものたちが集う一夜に灯はなくとも明るい夕翳に（夕星に）この身體をあずけてみたい。

眼差しの蒼さだった。乳房の白さだった。踝の硬さだった。肩越しの薄紫に沈む稜線だった。

もうじき満ちた月が昇る。光の確然とした眩さにいまだ訪れたことのない土地の言葉で描かれる日々を眠気の合間に待ち詫びている。退屈さをそして笑った。

vi 薄く棚引いた雲が金色に隈どられた朝に、既に朝餉の予兆は満ちて、慌ただしさに身體を准《なぞら》えている。脆弱で緩慢な背理にも、どこかでそっと打ちひしがれ乍ら、／わたしのまちがいだった／わたしの／まちがいだった＊／と、老いた詩語をまるで小さな敗者のように反芻し、それでも男の笑みのはるけさを（その機微を）女は（複数で）纏い乍ら今日を始めるのだろう。始めることができるのだろう。

遠くで流された水の最後の一滴が波紋となって、この地を潤す歴史の片鱗さえ訪れて、世界が多くの過失を内包するその緩やかな絆《ほだ》しにも耐えている。

＊八木重吉「草にすわる」より

vii 汚れた窓にも廃墟の詩学を憶えながら（そして想起しながら）、別れを告げる朝もあった。それが互いの自由と束縛を、その遠い恩眷《おんけん》を保証している。確信に小さく打ち震えつつ。

（男の咳払いの孤独が聴こえる。）

viii 初めての曇天に子どもたちは季節外れの冬花火に興じ無言のうちに未來を語り合う。名のない老父母たちの傍ら、彼らのまなざしに支えられ乍ら、昨日のできごとすらを忘れてしまえる、あどけない夕実を、その約束している償いの明日を、小さな掌で温めている。時折、息を吹き掛け乍ら、最後の花火が地に落ちた瞬時、呼ばれたかのようにして顔を上げた少女の頰の丸みを、未だ覚えきれずに、鳥が、裸の樹々が、冷えた空気が、緩やかな視えない秒針が、既に囁いている。

世界は一瞬だけカーテンを揺らし声を潜めたが、名を奪われた青い衣服の詩人が再び、自らのノートをつまびらく午後には、彼は陽だまりに転寝《うたたね》を遊ばせては、子どもたちにも老父母にも遠く、同じ世界が全き姿で立ち現れるのを夢みている。

ix 慈雨には慈雨の〈掟〉があり、その規律が私（たち）を閑散とした睡《ねむり》に誘う真昼があった。聴いたことのない名を持つ花の香に包まれた両手を、薄手のコートのポケットから取り出しては、僅かに遺された陽に翳し乍ら、ゆっくりと喪われてゆくものだけを脳裏に描いた。私（たち）が立ち去った爾後なら、そこへ、その翳りに満ちた路肩へ、小鳥はやってきて、ときを祝福するために囀るだろう。静寂が要石になる街路での幻影だった。

x夢のふところで別離を告げた男はどこか幼げで声を失くしていた。いつかの片隅で、落とした肩に、背中の丸みに、女は怯え乍ら、それでも後ろを追う喜びにも唄を宛がった。
誰も知らない場所に涙を隠し、明日は捉えられない希望として、飢えた子どもたちに託そう、その笑い声を、逞しい腕を、背伸びした影を守ろうと、女を振り返る男だった。差し出された手を握り締めるしどけなさよ。

xiディスクールの余白をいつまでも支えてくれた吐息を今でも、白い胸元に抱え乍ら、生よりも死、死よりも過去世にと、うつむきながら足元を確かめ小さく笑った。

首筋がすずしく光る冬のひと日、駆け渡った交叉点に寂しさを折り重ね、更に重ねた罪過を拾っている。名前はない。名前のないことが遥かさを証して、異化される帰途を急いだ。
その日までの記憶の残滓が新しい日々を連れてくることを約束している。

xii 陽射しが昨日よりも柔らかく暖かい。そんな何気ない意識が、大きな手になって歴史の新しい一ページをゆっくりと捲る。途端に風が吹き、水は迸り、また風はそよぎ、湖は澄み、海は凪ぎ、山は鎮まり、雲は流れる。川の行方を笑い乍ら追った兄弟の背の伸び具合を目測したなら、淹れたての珈琲の待つ部屋に帰ろう。
朝の散策に満ち足りた影を道に伸ばし、鈍く光る小径を後にする。母のエプロンの柄はどんなだったかと、彼らは言葉を用いずに語り始める。

xiii 柔らかな午睡のまどろみに淡雪の気配して、燥ぐ子どもらの夢も咲いている。女は細い指先を痛めつつ、見つめ乍ら既に今夜の夕餉を広い胸の内だけで準備している。
瞼の裏に風景は細密画のように光のみを浴びながら、告解に忍び寄る闇を拒絶している。父祖たちの手土産は何であったか、子どもの名を呼ぶ女の声に響く、その果てに立ち現れどこまでも展けてゆく祝祭がある。陽射しはときを帯び烈しさを増し、それでも老人たちの険しい背中を温め直している。宿った歴史を言祝ぎ乍ら、曇り空よりも雨、雨よりも名残雪にと、笑い声の弾けた帰り路に私（たち）を〈そこ〉へと近づけてゆく。頼りない〈今〉に託せるものがあって、切断され接続されつつ、揺れ惑う日々が愛しい。

xiv どこからか切り離され迷子になった陽光がゆったりと奇蹟のようにして隣で眠る者たちの額に届く。名づけ得ぬ欲望のその果てで。疲労よりも誕生に近い感覚で、新しいシーツを日々の接線のようにして広げた。その延長に描かれる地図にも記されていない場所を夢みている。目覚めたならば何と声を掛けようか。おはよう、では足りない、朝だ、では尚足りない、言葉の揺らぎが眩暈となる夜明け、仄白む闇を掌に載せて、〈とき〉の悦楽を待ち詫びている。予感の迸出を退ける訳にはいかなかった。

xv日常言語のその果てに揺らめいている詩語が春の兆しの証左になるひと日、身體はどこまでも寛ぎ、拡充を受け容れ乍ら、死さえ夢みるような傲慢も満喫している。

まるで初めて試す媚薬のようにこれまでとは別の仕方で私（たち）をあなた（たち）へと隣接していく。そして同時に疎外する、そのあえかなる間合いにも親しみつつ、名を呼ばれなくとも、それが名だったと既に知っているようにして。


xvi（私の身體は）冷えているからと投げ出された手脚に苦笑する。幼年期の視えない痕跡に抗うように、延ばされた〈現在〉を他生として、そのひとが座り憩う日向へと振り返る。

やがて指先が触れるまでの距離と時間に慄き乍ら、ぬくみへの予兆を傍証する手立てを探し、新しい書物を紐解いてみる。

昨日よりは急いでみるが、その試みも虚しく、そして明るく、ふたつの翳が溶け出していく。

xvii 欠如なら欠如をしたがえたまま充足している午後の陽光がある。訪れの予感に耐えつつも、ときをやり過ごした。ここでない何処かへ飛翔する鳥のようにはいかず、遠く死んだ者たちの声を聴きとろうと耳を澄ました。彼の地にも今日と同じ陽光が広がり、事物は影のみを大地に刻印しただろう。春までのひと日は緩やかにしかも緊密に張りつめている。

xviii 夕闇の中の冷気に目覚めるものがあることを知った。肢体を投げ出し、寛げる作業空間に子どもたちは気づいているのだろうか。互いの肩を叩き合い、背の高さを確かめ合い、齢を重ねてゆくあどけなさに、彼らの頬はいつか赤らむだろう。

どこからかかつての夕餉の匂いが漂ってくる。母たちの喉の細さを喜びに変えて、それでももう少しこのままでと、夜の鳥の行方を目で追った。彼らは無言のうちに約束しているのだ、死の間際、再び巡り合うときまでの長さを、今とは別の仕方でやり過ごすことを。そしてそれを次の彼らへと明け渡す場所の拓かれることを。新しい夜明けを背負いつつも。

xix
ふいに無為な言葉が春の兆しとなって降ってきては、その上に、見知らぬ女たちと子どもたちの遊ぶ声を想起する。それはあえかなる思い出にも似て、どこまでも拡がりまた厚みを帯びて午後の陽を彩ってゆく。淋しささえも懐かしく胸に滲みたなら、読みかけの書を棄てて、あの窓辺へ帰ろう。男が煙草を喫いながら老いた飼い猫と戯れている（そしてどんな言葉さえも拒絶している）、あの明るい部屋の窓辺。ぼんやりと、足元を確かめながら陽が暮れるまでの時のはるけさを持て余している。

xx
健やかにと祈ったあの河原へ、今夜は三人で下りていく。薄汚れたコートと回帰した赤いスカートと帽子を携え、どこまでも伸びてゆく夢のあとさきを、おもい思いに語り明かそうと誓ったあの河原へ。
誰かが呼びに来ても息を潜めて、声を殺して、約束だけを頼りにして生きた幼年時代を振り返りながら。
向こう岸から飛翔する鳥にも新しい名を与えて遊んだ、その喜びを石に掘り込んでは、川面へ波紋を確かめ、そうとは気づかずに、競い合っている、三人は三人でありさえすればよかったと、年月を経て、白々しくもなった夜明けを或いは死を予兆として待っている。

うちがわ

瞳のうちがわで、穏やかな翠雨が今夜も降っているから、わたし（たち）という虚構に掠めとられたまま佇んでいる。いつかの遠い石畳にも水滴の落ちる幽かな音域は広がり、ときの充溢に偽りはない。あの日も極夜だったと、旧父母に身體を包まれた記憶を手繰り寄せつつ、息を潜め、声さえ押し殺し、不在の痕跡に僅かな徴を与えた。誰も知らない。知られてはならない。連綿と重なるそれは、甘くたおやかな穽陥だったと、わたし（たち）をそっと裏切り続け、溢れ出ながら、どこまでも包摂している。

うちがわで、喪《うしな》われていた筈のゆるやかな戒律を恢復させるため、触れると細やかに震えるものの名を憶えようと、享楽よりもはるかに確かな空無に吐息を纏わせている。ロング・トレーンの裳裾のような日常にも背いたなら、そしてわたし（たち）は戯れ、融け合い、否定し、もうひとくみの旧父母の翳を踏みしめては、その来歴に与する幼子となる。

赦されることは赦すことと等価であった。発せられないものがたりと辿りきれないまなざしとの狭間で、晦冥の気配に酔い痴れ、手渡された慈愛には戸惑いすら狂おしい。

そのうちがわで、終には喪われてゆくことさえ懼れずに、頬の温みを大地に、背中の険しさを曇天へと映す。やがて爾後には排除の幻視が一斉に回帰を希求し、取り残されたわたし（たち）は約束の一節として繰り返されることも厭わずに、弔いの朝を迎えようと密やかに瞳を閉じる。

犇《ひし》めいていた夢のあとさきに、忘却も長い歴史の抑止を免れつつ或いは未踏の遠路ともなって、真新しい季節のおとずれを既に胚胎している。

潮目

波を運んでくる海の縫い目に導かれている。

遠くに傾いだ、あれは砂漠で死んだ詩人の最期の嗚咽、蜃気楼に揺れ、烈しさと哀しみを今日へと呼び込んでいる。

暴力に似た日々を過ぎ、こうやって、猫の死骸と砂浜に腰を下ろせば、生まれなかった子どもたちが蘇って叫ぶ。

からだが映らないことが不自由なようだ、影と遊べない時間が不滅なようだ、名まえが無数にあること、幻父母をとうとう見棄てて今迄を過ごしてきた不実を、それでも知らずに嘆いているようだ。

波打際に打ち寄せられた記憶と文字を拾い合わせては、新しい文字列を唄い、そのメロディの懐かしさが、やがておとずれる宵闇に覆い被さり辺りには俄かに温みが増す。

そうだった、いつでも宵闇を纏いさえすれば、それで憧憬は満ちるのだった。慣れ親しんだその予感を猫の死骸の傍らに積み上げてみれば、海風にも馴染み戯れ、ことり、ことりと、笑い声が谺する。輪になって遊び廻る、そうして幾度となく殺意と羨望を交互に覚え、澱み続ける足元を漱ぐ波濤の白が眩い。

東の空に月は満ち満ちて昇り、頑なに、稜線までの小径を作る。

そこを渡っていくのだ。

子どものひとりに猫の死骸を預け、立ち上がると、軽微な眩暈にも希望に似た感情は滲み、海にも背を向けた。

別離の言葉は忘れてしまった。

子どもは猫を抱きかかえている。そうして少しだけ歳をとる。瞳が昏く大きく光る。背が伸びる。

遠くに傾いだ、あれは砂漠で死んだ詩人の嗚咽、駱駝の足蹠、振り返ることすらできずに、灰に変わってゆく髪の長さを、一歩また一歩と、憂いている。

目次

数千《すうせん》の暁《あかつき》と数万《すうまん》の宵闇《よいやみ》と

著　者　伊藤浩子《いとうひろこ》
発行者　小田久郎
発行所　株式会社思潮社
一六二－〇八四二　東京都新宿区市谷砂土原町三－一五
電　話　〇三－三二六七－八一五三（営業）八一四一（編集）
ＦＡＸ　〇三－三二六七－八一四二
印刷・製本　創栄図書印刷株式会社
発行日　二〇二〇年十月三十一日